BIBLIOTECA MARCHA CRIANÇA



TELMA GUIMARÃES CASTRO ANDRADE

# O CANÁRIO, O GATO E O CUCO

ILUSTRAÇÕES
CLÁUDIA RAMOS

editora scipione

O GATO PASSOU NA CASA DO CANÁRIO.

— O CANÁRIO ESTÁ?

O CUCO DO RELÓGIO FOI LOGO AVISANDO:

— CUCO! SETE HORAS... O CANÁRIO FOI TOMAR CAFÉ.

— TUDO BEM, CUCO. EU PASSO MAIS TARDE.

O GATO DEU UM PASSEIO PELA CIDADE E VOLTOU.

— O CANÁRIO CHEGOU?

— CUCO, CUCO... ONZE E MEIA — O CUCO DO RELÓGIO BATEU. — O CANÁRIO SAIU PRA ALMOÇAR!

— TUDO BEM... — BRAVEJOU. — EU COMO O CANARINHO... QUERO DIZER... EU FALO COM O CANARINHO DEPOIS.

O GATO DEU OUTRO LONGO PASSEIO E VOLTOU.

— ESPERO QUE O CANÁRIO JÁ TENHA ACABADO DE ALMOÇAR — GRITOU PARA O CUCO DO RELÓGIO DA PAREDE.

— UMA HORA... CUCO, CUCO... ELE FOI À ESCOLA!

O GATO DEU OITO MIADOS E MEIO E PENSOU: "ESSE CANÁRIO AINDA VAI VER".

DEU MAIS CINCO VOLTAS PELA CIDADE E RETORNOU À CASA DO CANÁRIO.

— AGORA TENHO CERTEZA DE QUE ELE JÁ CHEGOU — FOI FALANDO AO CUCO.

— CUCO, CUCO... CINCO E QUINZE... CHEGOU DA ESCOLA E FOI À BIBLIOTECA. SE TIVESSE VINDO UM POUQUINHO MAIS CEDO...

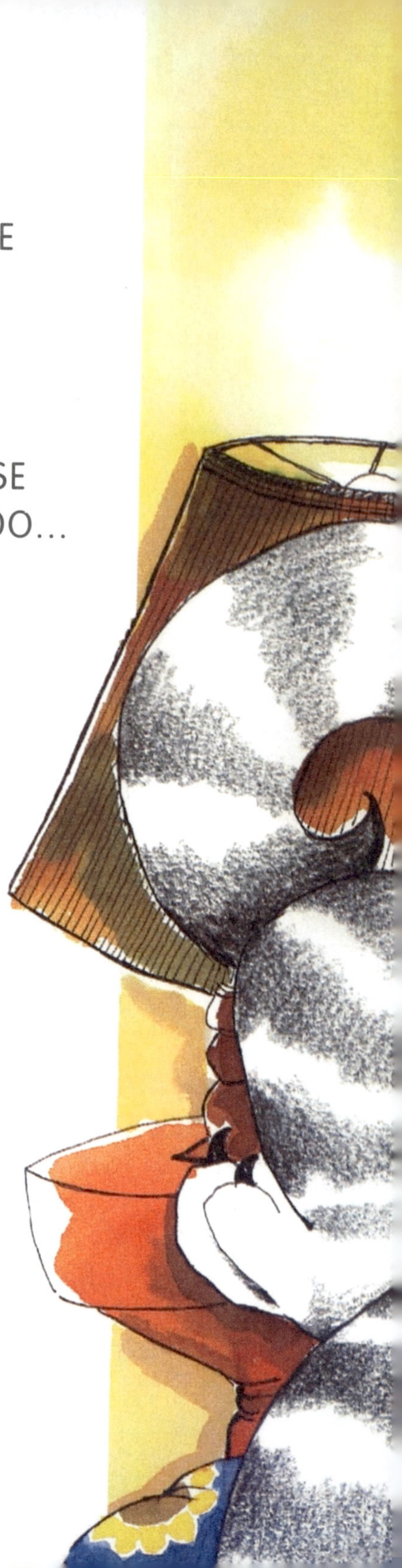

O GATO PULOU DOZE VEZES... DE RAIVA!

— VOLTO MAIS TARDE, LÁ PELA HORA DO JANTAR! — "AÍ, ELE VAI SER O **MEU JANTAR**", PENSOU.

O GATO FICOU "FAZENDO HORA" PELA CIDADE, MAS PELO VISTO PERDEU A HORA, POIS, QUANDO VOLTOU, O CUCO AVISOU:

— IH, CHEGOU TARDE, CUCO, CUCO... ÀS 18 HORAS, ELE VOLTOU DA BIBLIOTECA; ÀS 19 HORAS, TOMOU BANHO DE PIA; JANTOU ÀS 19 HORAS E 30 MINUTOS. ESTUDOU DAS 20 ÀS 21 HORAS. DEPOIS LEU UM LIVRO, VESTIU O PIJAMA E DORMIU.

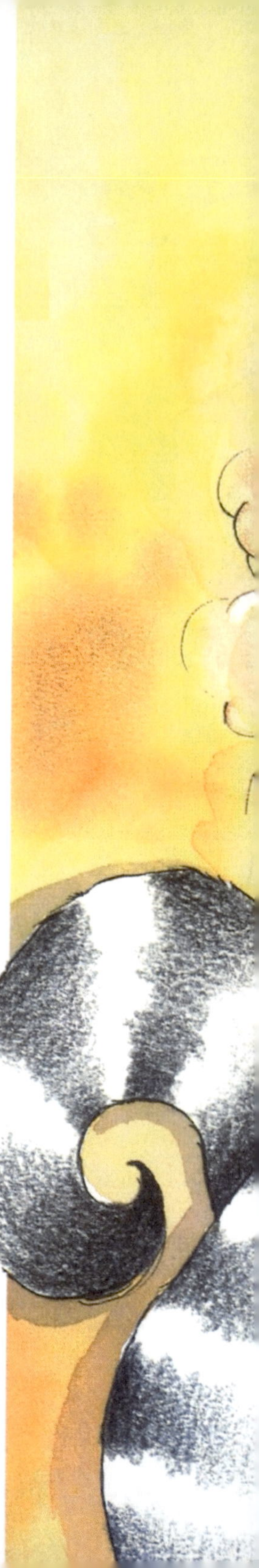

— UÉ, QUE HORAS SÃO AGORA? — O GATO PERGUNTOU ASSUSTADO.

— SETE HORAS DA MANHÃ. O CANÁRIO SAIU PARA TOMAR CAFÉ! CUCO, CUCO, CUCO, CUCO, CUCO, CUCO E CUCO — "CUQUEJOU" O CANARINHO, DISFARÇADO DE CUCO, SEGURANDO O RISO.

O GATO, LOUCO DE FOME, MAS MUITÍSSIMO SEM GRAÇA, PENSOU E DECIDIU:

— MELHOR APRENDER A VER HORAS, SENÃO NUNCA PEGO ESSE CANÁRIO!

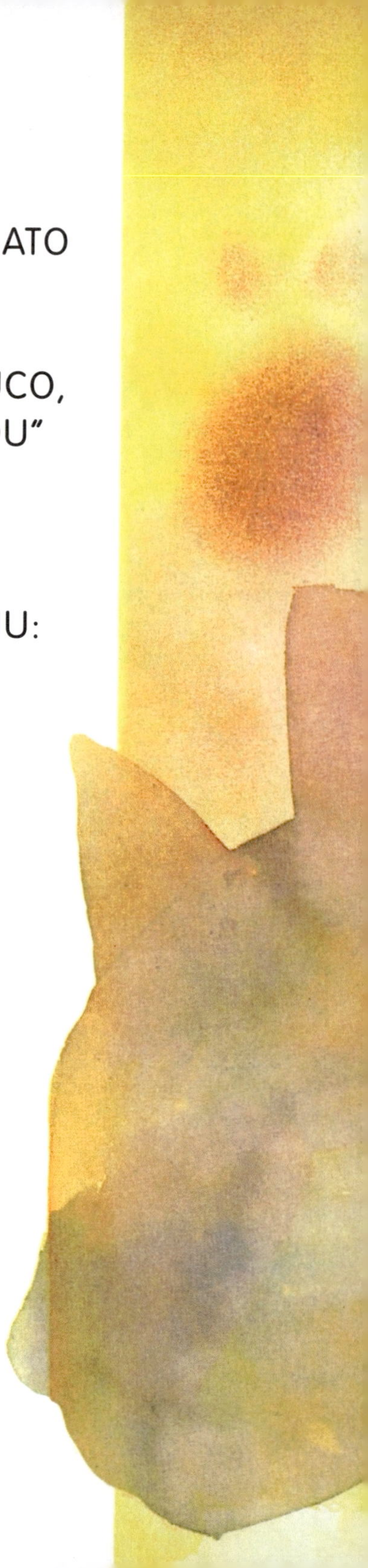

Esta edição possui o mesmo texto ficcional das edições anteriores.
Este livro foi originalmente publicado na Coleção Pintando o 7, da Editora Scipione.



**Diretoria de conteúdo e inovação pedagógica** Mário Ghio Júnior
**Diretoria editorial** Lidiane Vivaldini Olo
**Gerência editorial** Paulo Nascimento Verano
**Edição** Elza Mendes

**Arte**
Ricardo de Gan Braga (superv.), Soraia Pauli Scarpa (coord.) e Thatiana Kalaes (assist.)
**Projeto gráfico** Gláucia Correa Koller, Soraia Scarpa (adaptação)

**Revisão**
Hélia de Jesus Gonsaga (ger.), Rosângela Muricy (coord.), Barbara Molnar, Brenda Morais e Gabriela Lubascher Miragaia (estags.)

**Iconografia**
Sílvio Kligin (superv.), Cesar Wolf e Fernanda Crevin (tratamento de imagem)

CIP-BRASIL. CATALOGAÇÃO NA FONTE
SINDICATO NACIONAL DOS EDITORES DE LIVROS, RJ

A571c
2. ed.

Andrade, Telma Guimarães Castro
O canário, o gato e o cuco / Telma Guimarães Castro Andrade ; ilustrações Cláudia Ramos. - 2. ed. - São Paulo : Scipione, 2015.
16 p. : il. ; (Biblioteca marcha criança)

ISBN 978-85-262-9798-2

1. Ficção infantojuvenil brasileira. I. Ramos, Cláudia. II. Título.

15-25063 CDD: 028.5
CDU: 087.5

Código da obra CL 739126
CAE 552183

2018
2ª edição
6ª impressão
Impressão e acabamento: Vox Gráfica

editora scipione

Direitos desta edição cedidos à Editora Scipione S.A., 1997
Avenida das Nações Unidas, 7221
Pinheiros — São Paulo — SP — CEP 05425-902
Tel.: 4003-3061 / atendimento@scipione.com.br
www.scipione.com.br